Le blaireau à lunettes

À mes fils.
D. L.

Texte de Dany Laurent
Illustrations de Martine Bourre

Albums du Père Castor Flammarion

 – Imprimé en France – ISBN : 2-08160280-6 – ISSN : 0768-3340

Il était une fois
un blaireau qui portait des lunettes,
alors tout le monde l'appelait
le blaireau à lunettes,
tout simplement.

Il portait des lunettes
parce qu'il ne voyait pas très bien.
Il n'était pas vieux, non,
mais sans ses lunettes il confondait
un éléphant avec un ouistiti.

Le soir, dès qu'il se réveillait, il cherchait ses lunettes à côté de lui sur la table de nuit et se les mettait sur le nez. Ainsi, il pouvait se reconnaître dans la glace de la salle de bains.

Sans lunettes, il se prenait pour un pingouin d'Australie ou une marmotte à poils durs...

Le soir, donc, il se lavait le dos, les oreilles, les cheveux... oh ! pardon ! les poils, les peignait.
Il faisait des grimaces devant la glace, enfilait sa salopette, sa chemise à carreaux et quelquefois, pour faire chic, posait sur sa tête un canotier.

Quand il était de très bonne humeur, en passant dans le jardin il cueillait une marguerite et la mettait à son chapeau...

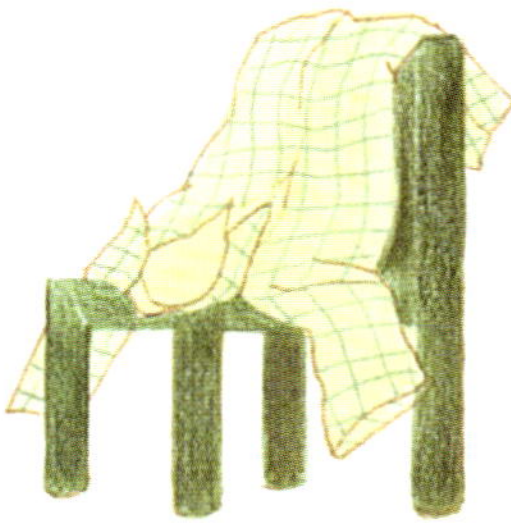

Il ne pourrait jamais faire tout ça,
le blaireau à lunettes, s'il ne portait pas ses lunettes.

Il se brosserait les dents
avec une balayette,

se coifferait avec un râteau,

mettrait une serpillière
comme chemise,

et sortirait avec
une casserole sur la tête.

Il faut ajouter que le blaireau à lunettes était très sociable : il aimait parler aux gens dans la rue. Attention… pas aux personnes qu'il ne connaissait pas ! Non… mais à ses voisins : la grenouille par exemple, qui habitait juste la maison à côté, maman-chouette et son petit qui habitaient juste la maison d'en face.

Et puis il y avait… il y avait… les commerçants : le marchand de journaux à qui il achetait des livres sur l'Italie pour avoir des nouvelles de sa famille ; le boulanger à qui il achetait de la pâte d'amandes ; et puis…

Et puis... il s'en allait dans les autres quartiers de la ville
où il ne connaissait personne,
afin de pouvoir porter son chapeau de travers
comme il en avait envie sans qu'on lui dise :
« Attention ! Votre chapeau est... »
« Oui... oui... je sais, mon chapeau est... de travers... »

Il menait une vie tranquille,
ce blaireau à lunettes,
une vie sans histoires.

Mais ne croyez surtout pas
qu'il s'ennuyait... Pas du tout !
Il n'aurait pas voulu que ça change !
Il aimait le calme, la tranquillité...
c'était comme ça !

Évidemment, si tout continue ainsi,
nous allons refermer le livre
et il n'y aura pas d'aventure !
Voici donc ce qui est arrivé
à notre blaireau à lunettes...

Un soir, le blaireau à lunettes ouvre un œil et puis l'autre.
« Quelle belle journée !!! » se dit-il à voix basse
pour ne pas se réveiller trop vite.

Il voit à travers les volets la lune qui est déjà levée, elle...
Il referme les yeux, bâille une fois, deux fois,
s'étire et tend son bras droit pour chercher
ses lunettes sur la table de nuit… Pas de lunettes !

Il touche la lampe de chevet… son livre… mais pas de lunettes.
« Tiens, elles ont dû tomber sur le tapis. »

Difficile de voir des lunettes sur un tapis qui a plein de dessins !
Eh non… pas de lunettes non plus !
Aïe, aïe, aïe ! Ça commence mal !

Il va falloir sortir l'autre bras…
Même avec deux bras et deux mains, il ne retrouve pas ses lunettes.

Il se laisse glisser de son lit sur le tapis et s'assied tranquillement pour réfléchir…

Qu'a-t-il fait ce matin avant de se coucher ?
Il s'est lavé les dents...
Naturellement, ses lunettes ont dû rester sur le lavabo !

Il avance à tâtons jusqu'à la salle de bains.
Rien sur le lavabo... Ni sur le bord de la baignoire...
Ah ! l'affaire se complique !

Pourtant la mémoire du blaireau est normale.
Elle ne vaut pas celle de l'éléphant, mais tout de même !

Le blaireau à lunettes se dit qu'il va être ridicule. La grenouille sa voisine, maman-chouette et son petit et le marchand de journaux et le monde entier le montreront du doigt en disant :

– Vous avez vu, le blaireau à lunettes a perdu ses lunettes !

– Le blaireau à lunettes a perdu ses lunettes !

Et que répondre à tous ces gens ?

– Oui, oui, je vois que j'ai perdu mes lunettes. Eh non ! je ne vois pas, justement... je ne vois plus rien...

Quelle honte !

Alors le blaireau à lunettes se met à pleurer
comme un enfant qu'on ne veut pas emmener au cirque.
Il pleure... il pleure... Ses larmes tombent
sur le carreau de la salle de bains.
Ça fait une flaque... une mer... un océan...

Il faudrait qu'il s'arrête,
sinon il va devoir rejoindre son lit à la nage.

Et pas de mouchoir pour essuyer son nez !
Cette histoire le fait pleurer encore plus...
– Arrêtez de pleurer ! Vous allez vous noyer !

Non seulement il ne voit rien,
mais en plus, il entend des voix !

– Arrêtez, je vous dis ! Pourquoi pleurez-vous si fort ?
Alors là... il est certain : quelqu'un a parlé !
– Pourquoi pleurez-vous si fort,
je vous demande ?
– Qui est là ?
pleurniche le blaireau à lunettes
à travers ses larmes.
– Excusez-moi !
Ça fait cinq minutes
que je frappe à la porte
et comme personne ne répond,
je me suis permis d'entrer !

– Qui parle ? redemande le blaireau à lunettes qui voit de moins en moins.
– Je suis votre voisine du dessous, vous m'avez réveillée en pleurant si fort… et je viens voir ce qui ne va pas…

La voisine du dessous… la voisine du dessous… Il ne savait pas qu'il y avait une voisine en dessous. D'abord, parce que les voisins n'habitent pas au-dessus ni en dessous, mais à côté. Et lui qui est là, dans la salle de bains, en pyjama, à pleurnicher.

– Ça n'a pas l'air d'aller !
Je peux vous aider ?
demande de sa voix de flûte
la voisine du dessous.

– Oui… oui… Est-ce que, par hasard, vous voyez quelque part une paire de lunettes rondes, toutes rondes ?
– Une paire de lunettes rondes, toutes rondes ?
– C'est ce que je cherche.
– Bien sûr que je les vois !
– Où sont-elles ? Donnez-les-moi ! Vite ! Vite !

La voix de flûte de la voisine du dessous se met à rire.
Voilà ! c'était prévu : elle se moque de lui !

– Elles sont là, vos lunettes rondes, toutes rondes…
– Où ?
– Sur mon nez !

Alors là, non seulement elle se moque de lui, mais en plus elle se paie sa tête !!!

– Elles sont sur mon nez ! Tenez, je vous les redonne !

Ça y est ! Il voit !!! Il revoit !!!
Ses lunettes sont sur son nez !
Il ne rêve pas... il voit... Il voit... un... une...
c'est sans doute la voisine du dessous !
– Vous êtes...
– La voisine du dessous.
Je suis désolée de ne pas m'être présentée plus tôt,
mais chaque fois que je viens vous voir...
vous dormez... je n'ose pas vous réveiller...
– Ah ! parce que... vous ?
demande ahuri le blaireau à lunettes.

Il ne comprend rien
à ce que lui raconte la voisine du dessous.
– Je suis la taupe grise.
J'habite en dessous de chez vous
depuis deux mois et quatre jours.
– Je n'avais pas remarqué.

– Vous ne pouviez pas, répond gentiment la taupe grise.
Quand je me réveille, vous vous endormez
et quand je m'endors, vous vous réveillez !
Décidément, elle est bizarre,
elle est énigmatique, cette taupe grise !
– Je vis le jour et je dors la nuit, si vous préférez.
Vous ne saviez pas que les taupes...
– Heu ! heu ! si, si, bien sûr...
je savais que les taupes grises...
vivent... heu... et... dorment.
Mais je ne vois pas
le rapport avec mes lunettes !

Et la voilà qui rit de nouveau, la taupe grise.
Le blaireau à lunettes se demande
s'il va l'aimer cette voisine du dessous,
si elle rit comme ça, sans arrêt !
– C'est simple. Je ne vois pas très bien non plus...
Je suis un peu myope comme on dit.
– Ah ! vous aussi !!! dit le blaireau, soulagé.
– Moi aussi ! Alors,
comme vous avez besoin de vos lunettes
pendant la nuit quand je dors,
et que moi, la taupe grise,
j'en ai besoin la journée, quand vous dormez,
je viens... comment dire...

– Vous venez ? demande le blaireau à lunettes, impatient.
– Tous les jours je viens vous emprunter vos lunettes.
J'attends le matin que vous vous endormiez
et là... là... j'entre sans bruit dans votre chambre.
Je prends vos lunettes sur la table de nuit
et je vais me promener dans la ville !

– Et après ? demande, toujours impatient,
le blaireau à lunettes.
– Et après, je rentre le soir.
Je remets vos lunettes sur la table de nuit
et je vais me coucher.
Voilà ! Vous êtes fâché ?

Il ne sait pas encore ce qu'il va répondre.
Il ne sait pas encore
s'il va avoir une colère terrible, taper du pied,
casser un vase qu'il n'aime pas ?
Non ! Tout ça est trop fatigant.

– Fâché ? moi ? Pas du tout !
Je voudrais simplement savoir
pourquoi ce soir, vous ne m'avez pas
rapporté mes lunettes ?

La taupe grise se met alors à rougir...
baisse les yeux et dit :
– Eh bien, voilà la vérité :
il y a longtemps
que j'ai envie de vous connaître.
Maintenant, c'est fait !

Le blaireau à lunettes est content de lui : il a bien fait de ne pas se fâcher !

– Est-ce que je peux vous offrir une tasse de café ? demande-t-il.
– Avec plaisir, répond la taupe grise, j'adore le café avant de me coucher !

Et c'est ainsi que le blaireau à lunettes et la taupe grise sont devenus les meilleurs amis du monde !

Si, demain, vous rencontrez
un blaireau à lunettes qui a perdu ses lunettes,
ne vous moquez pas de lui...

Il les a sans doute prêtées à son amie la taupe grise !

Aubin Imprimeur, Poitiers – 08-2001 – Dépôt légal : septembre 2001 – Flammarion (N° 0280) – N° d'impression P 62239
Loi n° 49-956 du 16 juillet 1949 sur les publications destinées à la jeunesse